Tabla de Co

Tabla de contenido

Introducción

En el abrazo cálido de la temporada invernal, cuando la nieve cubre suavemente la tierra y las melodías festivas llenan el aire, llega un momento mágico que une a todas las generaciones en un espíritu de amor y alegría. Bajo la estrella brillante de la Navidad, los corazones se entrelazan como las ramas de un árbol familiar, y es en esta atmósfera de unidad y cariño que nacen los cuentos que encontrarás en estas páginas.

La Navidad es una celebración que toca los corazones de jóvenes y adultos por igual. Es un tiempo de reencuentros, de tradiciones que perduran y de nuevos recuerdos que se tejen. En este libro, encontrarás una colección de cuentos que han sido cuidadosamente seleccionados para encantar a todas las edades y resaltar los valores que hacen que esta época sea tan especial.

Desde los más pequeños, con sus ojos llenos de asombro ante las luces brillantes y la promesa de regalos, hasta los abuelos que comparten historias de tiempos pasados alrededor de la mesa, estos cuentos están tejidos con hilos de nostalgia y esperanza. Cada página es un viaje compartido, una aventura emocionante y un recordatorio de que, sin importar cuántos inviernos hayan pasado, todos somos niños en el corazón durante la Navidad.

Los personajes que encontrarás en estas historias reflejan la diversidad y la riqueza de las relaciones familiares. Desde padres que descubren el verdadero significado del dar, hasta niños que aprenden a valorar la magia de los momentos simples, cada cuento es un reflejo de la vida misma, con sus altibajos, alegrías y sorpresas.

Así que, con una taza humeante de chocolate caliente en mano y rodeado de seres queridos, te invitamos a sumergirte en este mundo de cuentos de Navidad. Que estas páginas se conviertan en un puente que une las edades y las experiencias, recordándonos a todos que, bajo la estrella brillante de la Navidad, somos una familia unida por el amor, la esperanza y la magia de esta maravillosa época del año.

BAJO LA ESTRELLA BRILLANTE
CUENTOS DE NAVIDAD

CÉSAR ALEJANDRO FERRER

Un cuento de navidad

De: Charles Dicken
Adaptación: César Ferrer

Ebenezer Scrooge era un hombre rico y avaro, que odiaba la navidad y todo lo que representaba. No le importaba nadie más que él mismo, y trataba mal a su empleado Bob Cratchit, a su sobrino Fred y a todos los que se cruzaban en su camino.

Una noche, la víspera de navidad, Scrooge regresó a su casa después de un día de trabajo. Se encerró en su habitación, y se dispuso a dormir. Pero antes de que pudiera hacerlo, se le apareció el fantasma de su antiguo socio Jacob Marley, que había muerto hacía siete años.

- ¿Quién eres tú? - preguntó Scrooge asustado.
- Soy el fantasma de Jacob Marley - respondió el espectro - Vengo a advertirte, Scrooge. Tu vida es un desperdicio. Solo te importa el dinero, y no tienes amor ni compasión por nadie.
- Por eso estoy condenado a vagar por el mundo con estas cadenas, que son el símbolo de mi avaricia y mi egoísmo.

- ¿Qué quieres de mí? - preguntó Scrooge.
- Quiero salvarte, Scrooge. Quiero darte una oportunidad de cambiar tu destino. Esta noche serás visitado por tres espíritus: el espíritu de las navidades pasadas, el espíritu de las navidades presentes y el espíritu de las navidades futuras. Ellos te mostrarán lo que has sido, lo que eres y lo que serás si no cambias tu actitud. Escúchalos, y aprende la lección.
- ¿No puedo evitarlo? - preguntó Scrooge.
- No, Scrooge. Es tu única esperanza. Adiós - dijo el fantasma, y desapareció.

Scrooge se quedó temblando en su cama, sin saber si aquello había sido un sueño o una realidad. Pero pronto se dio cuenta de que era verdad, cuando sonó el reloj de la medianoche, y apareció el primer espíritu.

- Soy el espíritu de las navidades pasadas - dijo el ser luminoso - Ven conmigo, Scrooge. Te voy a mostrar tu infancia y tu juventud.

Y tomó a Scrooge por la mano, y lo llevó volando al pasado.

Scrooge vio cómo era él cuando era un niño solitario y abandonado en un internado, mientras los demás niños se iban con sus familias a celebrar la navidad. Vio cómo era él cuando era un joven aprendiz de un comerciante bondadoso llamado Fezziwig, que le enseñó a disfrutar de la vida y de la fiesta. Vio cómo era él cuando se enamoró de una bella joven llamada Belle, que le quiso por su bondad y no por su dinero. Y vio cómo era él cuando perdió a Belle por su ambición y su codicia, que le hicieron olvidarse de todo lo demás.

- ¿Qué te parece, Scrooge? - le preguntó el espíritu.
- Me duele verlo - dijo Scrooge con lágrimas en los ojos - Me arrepiento de haber sido tan tonto y cruel.

- Aún estás a tiempo de cambiar, Scrooge - le dijo el espíritu - Recuerda lo que has visto, y reflexiona sobre ello.

Y lo dejó en su habitación, donde sonó el reloj de la una.
Entonces apareció el segundo espíritu.

- Soy el espíritu de las navidades presentes - dijo el gigante risueño - Ven conmigo, Scrooge. Te voy a mostrar cómo celebran la navidad los demás.

Y cogió a Scrooge por la mano, y lo llevó volando al presente.
Scrooge vio cómo celebraban la navidad su sobrino Fred y su esposa, que le habían invitado a cenar con ellos, pero él les había rechazado. Vio cómo se divertían jugando y riendo, sin importarles su pobreza ni su soledad. Vio cómo celebraban la navidad Bob Cratchit y su familia, que le agradecían por el escaso sueldo que les pagaba. Vio cómo se querían y se cuidaban, especialmente al pequeño Tim, que estaba enfermo y cojo. Y vio cómo brindaban por él, a pesar de lo mal que los trataba.

- ¿Qué te parece, Scrooge? - le preguntó el espíritu.
- Me avergüenzo de verlo - dijo Scrooge con remordimiento - Me doy cuenta de lo malo y lo injusto que he sido.
- Aún estás a tiempo de cambiar, Scrooge - le dijo el espíritu - Recuerda lo que has visto, y actúa en consecuencia.

Y lo dejó en su habitación, donde sonó el reloj de las dos.
Entonces apareció el tercer espíritu.

- Soy el espíritu de las navidades futuras - dijo el espectro silencioso - Ven conmigo, Scrooge. Te voy a mostrar lo que te espera si no cambias tu destino.

Y cogió a Scrooge por la mano, y lo llevó volando al futuro.

Scrooge vio cómo era él cuando murió solo y odiado, sin que nadie lo llorara ni lo extrañara. Vio cómo sus pertenencias fueron robadas y vendidas por unos ladrones sin escrúpulos. Vio cómo su tumba fue abandonada y olvidada por todos. Y vio cómo Bob Cratchit y su familia lloraban la muerte del pequeño Tim, que no pudo sobrevivir por falta de atención médica.

- ¿Qué te parece, Scrooge? - le preguntó el espíritu.
- Me horroriza verlo - dijo Scrooge con terror - Me imploro que me perdones y me des una oportunidad de cambiar.
- Aún estás a tiempo de cambiar, Scrooge - le dijo el espíritu - Recuerda lo que has visto, y decide tu futuro.

Y lo dejó en su habitación, donde sonó el reloj de las tres.

Scrooge se despertó sobresaltado, y se dio cuenta de que todo había sido un sueño. Pero un sueño que le había cambiado la vida. Se levantó de la cama, y se asomó a la ventana. Vio que era un día soleado y frío, y que la gente paseaba por la calle con alegría y buen humor.

- ¡Hola! ¡Hola! - gritó Scrooge a un niño que pasaba por allí - ¿Qué día es hoy?
- ¿Qué día? Pues hoy es navidad, señor - respondió el niño.

¡Navidad! ¡Navidad! ¡Todavía estoy a tiempo! - exclamó Scrooge feliz - Escucha, niño. ¿Ves ese gran pavo que hay en la carnicería?

Sí, señor. Es el más grande que he visto en mi vida - dijo el niño.

Pues ve a comprarlo, y tráemelo aquí. Te daré veinte monedas de oro por él dijo Scrooge.

- ¿Veinte monedas de oro? ¡Sí, señor! Enseguida vuelvo - dijo el niño, y salió corriendo.

Scrooge se vistió rápidamente, y salió a la calle. Se dirigió al orfanato, donde hizo una gran donación. Luego fue a la iglesia, donde rezó con devoción. Después fue a la casa de su sobrino Fred, donde le pidió perdón y aceptó su invitación. Y finalmente fue a la casa de Bob Cratchit, donde le entregó el pavo y le anunció que le iba a subir el sueldo y a pagarle el médico para el pequeño Tim.

Todos se quedaron asombrados y agradecidos con el cambio de Scrooge, que se mostró generoso y amable con todos. Y todos celebraron la navidad con él, que se convirtió en un hombre nuevo.

Desde entonces, Scrooge fue un buen amigo, un buen patrón y un buen ciudadano. Y nunca volvió a odiar la navidad, sino que la amó con todo su corazón. Y se dice que nadie supo celebrarla mejor que él.

Los Jóvenes Guardianes de la nochebuena

En un pequeño pueblo llamado Belen, la Navidad siempre fue mágica y esperada por todos. Sin embargo, un año, justo antes de la víspera navideña, una extraña tormenta se desató y cubrió el lugar con un espeso manto de nieve.

Esto no era algo inusual, pero lo extraño fue que la tormenta parecía no querer detenerse y estaba causando problemas en todo el pueblo.

El reloj marcaba las 11:59 p.m. el día de Nochebuena, y las campanas de la iglesia comenzaron a sonar para anunciar la llegada de la Navidad. Pero, para sorpresa de todos, los regalos y adornos de la plaza central del pueblo desaparecieron misteriosamente. Parecía que la Navidad estaba en peligro.

Esa misma noche, un grupo de jóvenes amigos, conformado por Alex, Emma, Diego y Sofia, se encontraba reunido en la casa de Alex. Observaron la desolada plaza desde la ventana y se dieron cuenta de que la situación era grave. Sin pensarlo dos veces, decidieron actuar y salvar la Navidad.

Con coraje y determinación, los jóvenes salieron a buscar pistas sobre lo que había ocurrido con los regalos y adornos. Rastrearon huellas en la nieve y encontraron un rastro que los llevó hasta el bosque cercano. Allí, encontraron una misteriosa puerta de madera que no habían visto antes.

Sin dudarlo, Alex empujó la puerta, y todos entraron cautelosamente. Para su asombro, se encontraron en un mundo mágico y cubierto de nieve, donde la Navidad parecía cobrar vida. Se dieron cuenta de que habían entrado en el Reino de la Navidad, un lugar donde los sueños y deseos navideños se hacían realidad.

Pronto, conocieron a un simpático duende llamado Pom, quien les explicó que el espíritu navideño había sido robado por un malvado elfo que quería acabar con la Navidad para siempre. Los regalos y adornos que habían desaparecido fueron llevados al Reino de las Sombras.

Determinados a salvar la Navidad, los jóvenes aceptaron la misión de recuperar el espíritu navideño y devolver la magia a su pueblo. Con la ayuda de Pom, emprendieron un emocionante viaje a través del reino, enfrentando desafíos y superando obstáculos.

En su travesía, hicieron nuevos amigos: un reno llamado Frosty y un hada navideña llamada Twinkle, quienes se unieron a ellos para proteger la Navidad. Juntos, atravesaron el Bosque de los Susurros, escalaron la Montaña Brillante y cruzaron el Lago de los Deseos.

Y llegaron al oscuro Castillo de las Sombras, donde el malvado elfo tenía prisionero al espíritu navideño. Con valentía y trabajo en equipo, los jóvenes lograron derrotar al elfo y liberar la magia de la Navidad. El espíritu navideño regresó al pueblo, y las campanas volvieron a sonar anunciando la llegada de la Navidad.

Agradecidos y emocionados, los habitantes de Aurora celebraron con alegría y gratitud a los jóvenes héroes que habían salvado la Navidad. El espíritu navideño llenó sus corazones, y la magia de la Navidad se extendió por todo el pueblo.

Desde aquel día, Alex, Emma, Diego y Sofia fueron conocidos como los Guardianes de la Navidad, y cada año, se reunían para asegurarse de que la Navidad se celebrara con alegría y amor en su querido pueblo de Aurora.

Y así, los jóvenes amigos demostraron que la verdadera magia de la Navidad reside en el amor, la amistad y el espíritu de compartir con los demás. La Navidad en Aurora nunca volvió a estar en peligro, gracias a la valentía y determinación de estos jóvenes héroes.

¡Que la magia de la Navidad siempre brille en vuestros corazones!

El significado de la navidad

Había una vez, hace muchísimo tiempo, en la encantadora ciudad de Nazaret, vivía una mujer con el nombre de María. Ella tenía un corazón lleno de amor y devoción por Dios. Además, estaba a punto de casarse con José, un hombre bondadoso y habilidoso carpintero. La historia de María y José estaba a punto de tomar un giro mágico.

Justo después de su matrimonio, algo increíble sucedió. Un ángel, radiante y hermoso, apareció ante María. El ángel compartió una noticia asombrosa: María iba a tener un bebé muy especial, y su nombre sería Jesús. Pero este bebé no sería un bebé ordinario; sería el Mesías esperado, el elegido por Dios para llevar amor y esperanza al mundo.

Por supuesto, cuando María le contó la noticia a José, él se sintió confundido al principio. Sin embargo, Dios envió otro ángel, esta vez en un sueño de José. El ángel tranquilizó a José y le explicó que Jesús sería el Hijo de Dios, destinado a realizar cosas maravillosas. A medida que la confusión se desvanecía, José comenzó a entender la importancia de este niño milagroso en sus vidas.

Con el tiempo, María y José tuvieron que hacer un viaje a la ciudad de Belén. Imagina, en esos tiempos antiguos, no existían los coches veloces ni los teléfonos móviles. ¡Los viajes eran toda una aventura! El camino era largo y cansado, pero seguían adelante con esperanza en sus corazones.

Cuando llegaron a Belén, el tiempo de dar a luz se acercaba para María. Estaban agotados y necesitaban un lugar donde descansar, pero no sabían dónde quedarse. Se cuenta que, en medio de la noche, encontraron refugio en un humilde establo. Allí, rodeados de amigables animales como una amable mula y un tranquilo buey, María y José se acomodaron en la paja. Aunque era un lugar sencillo, se convirtió en un refugio cálido y acogedor para ellos.

Y así, en esa noche especial, en el tranquilo rincón del granero, sucedió un milagro. María dio a luz a Jesús, el niño destinado a cambiar el mundo con su amor y sabiduría. Los ángeles celebraron en el cielo, y una estrella brillante iluminó el camino para los visitantes que vinieron a conocer al recién nacido.

Desde entonces, la historia de María, José y el pequeño Jesús ha sido contada de generación en generación. Recordamos su historia especialmente en Navidad, cuando celebramos el nacimiento de Jesús y el regalo de amor que trajo al mundo. Y así, el humilde granero se convirtió en un lugar sagrado, lleno de significado y esperanza para todas las personas.

Los tres reyes magos

Los tres reyes magos, Melchor, Gaspar y Baltasar, se preparaban para emprender su viaje hacia Belén, donde había nacido el niño Jesús. Cada uno llevaba un regalo especial: oro, incienso y mirra. Siguiendo la estrella que les indicaba el camino, los reyes magos se pusieron en marcha con sus camellos y sus sirvientes.

Pero no todo era fácil en su travesía. El rey Herodes, que se había enterado del nacimiento del Mesías, les había pedido que le avisaran cuando lo encontraran, pues decía que quería adorarlo también. Pero en realidad, Herodes tenía miedo de que el niño Jesús le quitara el trono, y planeaba matarlo.

Los reyes magos no sabían las intenciones de Herodes, pero tuvieron un sueño en el que un ángel les advirtió que no volvieran por el mismo camino, sino que tomaran otro diferente para evitar al rey malvado. Así lo hicieron, y siguieron su ruta hacia Belén.

En el camino, se encontraron con muchas dificultades: tormentas de arena, ladrones, animales salvajes... Pero también con muchas alegrías: paisajes hermosos, pueblos acogedores, personas bondadosas... Los reyes magos compartieron sus regalos con los más necesitados, y recibieron a cambio hospitalidad y gratitud.

Así paso a paso llegaron a Belén, donde la estrella se detuvo sobre el lugar donde estaba el niño Jesús con María y José. Los reyes magos entraron en el humilde pesebre, y se postraron ante el niño Dios. Le ofrecieron sus regalos, y le adoraron con amor y respeto. El niño Jesús les sonrió, y los bendijo con su mirada.

Los reyes magos se sintieron felices de haber cumplido su misión, y decidieron volver a sus países por otro camino, para evitar a Herodes. Antes de partir, le pidieron al niño Jesús que los protegiera en su viaje de regreso, y que los ayudara a difundir su mensaje de paz y amor por el mundo.

El niño Jesús les concedió su petición, y les dijo que cada año, en la noche del 5 de enero, él les enviaría una estrella para guiarlos hacia los niños que se habían portado bien durante el año, y que les dejaran regalos en sus zapatos. Los reyes magos aceptaron con alegría esta tarea, y se despidieron del niño Jesús con un abrazo.

Así fue como comenzó la tradición de los reyes magos, que cada año nos visitan para recordarnos el nacimiento del Salvador, y para llenar nuestros corazones de ilusión y esperanza.

El campamento mágico

Lucía, Tomás, Aisha y Ming eran cuatro niños de diferentes países que habían viajado a Suiza para pasar las vacaciones de navidad en un campamento. Lucía venía de España, Tomás de Brasil, Aisha de Marruecos y Ming de China. Los cuatro se hicieron amigos desde el primer día, y compartieron sus experiencias y costumbres sobre la navidad.

- ¿Qué hacen en tu país para celebrar la navidad? - le preguntó Lucía a Tomás.
- Pues en Brasil la navidad es muy alegre y colorida. Decoramos las casas con luces, flores y árboles de navidad. El 24 de diciembre hacemos una gran cena con pavo, bacalao, frutas y dulces. Luego esperamos a la medianoche para abrir los regalos que nos trae Papá Noel. El 25 de diciembre vamos a la playa o a la piscina, porque hace mucho calor.
- ¡Qué divertido! - exclamó Lucía - En España también

decoramos las casas y los árboles de navidad, pero no vamos a la playa, sino que nos quedamos en familia. El 24 de diciembre cenamos pescado, marisco, jamón y turrones. Luego cantamos villancicos y jugamos al bingo o a las cartas. El 25 de diciembre comemos el roscón de reyes, que es un pastel con una sorpresa dentro. Pero los regalos no nos los trae Papá Noel, sino los reyes magos el 6 de enero.

- ¿Y quiénes son los reyes magos? - preguntó Aisha.
- Son tres hombres que vinieron de Oriente siguiendo una estrella para adorar al niño Jesús. Le llevaron oro, incienso y mirra como regalos. Ahora cada año nos visitan y nos dejan regalos en los zapatos si nos hemos portado bien.
- ¡Qué interesante! - dijo Aisha - En Marruecos la navidad no es una fiesta muy importante, porque somos musulmanes. Pero algunos cristianos sí la celebran con árboles de navidad y Papá Noel. Nosotros celebramos el Aid al-Fitr, que es el final del Ramadán, el mes sagrado en el que ayunamos desde el amanecer hasta el atardecer. Ese día nos vestimos con ropa nueva, rezamos en la mezquita, visitamos a nuestros familiares y amigos, y comemos dulces y pasteles.
- ¡Qué bonito! - dijo Ming - En China la navidad tampoco es una fiesta tradicional, pero cada vez más gente la celebra por diversión. Ponemos adornos rojos y dorados en las casas y los negocios, porque son los colores de la buena suerte. También ponemos manzanas envueltas en papel rojo, porque la palabra manzana se parece a la palabra paz en chino. Algunas personas van a la iglesia o intercambian regalos, pero no es muy común. Nosotros celebramos más el Año Nuevo chino, que es en febrero. Ese día hacemos una gran cena con pescado, fideos y dumplings. Luego salimos a ver los fuegos artificiales y los dragones danzantes.

Los cuatro niños se quedaron maravillados con las historias de sus amigos, y se dieron cuenta de que la navidad era una fiesta muy diversa y rica en el mundo. Decidieron que lo más importante era respetar las creencias y las tradiciones de cada uno, y disfrutar de la amistad y la alegría que les unía.

FIN
El Regalo de la Estrella

Había una vez, en una pequeña aldea llamada Nazaret, un niño llamado Jesús. Era un niño especial, con una sabiduría y una bondad que sorprendían a todos los que lo conocían. Desde muy temprana edad, Jesús mostraba un amor inmenso por las personas y los animales, y siempre se preocupaba por aquellos que estaban tristes o necesitados.

Un año, cerca de la víspera de Navidad, una misteriosa estrella apareció en el cielo. Su brillo era tan intenso que iluminaba toda la aldea. Los sabios y los ancianos del lugar se preguntaban qué podía significar aquella estrella tan brillante, pero nadie tenía una respuesta.

Jesús, siendo el niño curioso y sabio que era, decidió investigar la estrella. Se despidió de su familia y salió en busca de la estrella misteriosa.

Caminó por prados y bosques, siguiendo el resplandor hasta llegar a un pequeño establo en las afueras de Nazaret.

Allí, encontró a una joven pareja, María y José, que estaba a punto de dar a luz a un bebé. No había lugar en la posada y se habían refugiado en el humilde establo. Jesús comprendió en ese momento que la estrella había aparecido para guiarlo a este lugar especial, en donde un milagro estaba a punto de ocurrir.

Con su corazón lleno de amor y compasión, Jesús ofreció su manta para que la joven María se abrigara. También buscó un poco de paja limpia para preparar un cómodo nido para el bebé que estaba por nacer. María y José, con lágrimas de gratitud en los ojos, aceptaron la ayuda de aquel niño sabio y generoso.

Minutos después, bajo la luz de la misteriosa estrella, el bebé nació. Era un niño hermoso y radiante, y Jesús supo en su corazón que aquel niño sería una luz para el mundo entero. Lleno de alegría y emoción, Jesús tomó al bebé en sus brazos y lo presentó a sus padres.

Los pastores y los animales del establo se acercaron, como si supieran que aquel niño era algo especial. Todos estaban asombrados por la presencia de Jesús y el recién nacido, y sintieron que estaban siendo testigos de un acontecimiento divino.

Desde aquel día, Jesús visitaba frecuentemente al niño recién nacido, al que llamaron también Jesús, y lo ayudaba a crecer y aprender. Los dos niños, a pesar de la diferencia de edad, se convirtieron en amigos inseparables. Jesús mayor enseñaba a Jesús bebé sobre el amor, la compasión y la importancia de cuidar a los demás.

A medida que pasaba el tiempo, la fama de la amistad entre los dos Jesús se extendió por la aldea y más allá. La misteriosa estrella que los había guiado hasta el establo también se convirtió en un símbolo de esperanza y amor para todos. Y cada año, en la víspera de Navidad, la estrella brillaba con un fulgor especial, recordando a todos que el verdadero significado de la Navidad era el amor y la bondad que había nacido en aquel humilde establo.

Y así, la historia de Jesús y el niño Jesús se convirtió en una leyenda que se transmitió de generación en generación. El regalo de la estrella y la amistad de los dos Jesús perduraron en los corazones de las personas, recordándoles que la verdadera magia de la Navidad estaba en el amor que se compartía con los demás.

Y colorín colorado, este cuento de Navidad sobre el niño Jesús ha llegado a su fin. ¡Que la luz de la estrella y el amor de Jesús iluminen vuestros corazones en esta época especial del año!

El cascanueces

Adaptación al cuento de T. A. Hoffmann

Era la noche de Navidad y la familia Stahlbaum se preparaba para celebrar. Los niños, Clara y Fritz, esperaban ansiosos la llegada de su padrino, el misterioso Herr Drosselmeyer, que siempre les traía regalos maravillosos.

- ¡Mira, Clara! ¡Ya está aquí! - exclamó Fritz al ver el carruaje de Drosselmeyer detenerse frente a la casa.
- ¡Qué emoción! - dijo Clara, corriendo a abrazar a su padrino.
- Hola, mis queridos niños. Feliz Navidad - los saludó

Drosselmeyer, entrando al salón con un gran saco.

- ¿Qué nos has traído, padrino? - preguntó Fritz, impaciente.
- Tendrán que esperar a que todos los invitados lleguen - respondió Drosselmeyer, guiñando un ojo.

Pronto, la casa se llenó de gente y el árbol de Navidad brillaba con luces y adornos. Drosselmeyer sacó de su saco varios juguetes mecánicos que sorprendieron a todos: un arlequín, una bailarina y un soldado. Los niños se divertían con ellos, pero Clara notó que su padrino guardaba algo más en su saco.

- Padrino, ¿qué es eso? - preguntó Clara, curiosa.
- Es un regalo especial para ti, mi querida Clara - dijo Drosselmeyer, sacando una caja envuelta en papel rojo.
- ¿Para mí? - se sorprendió Clara, abriendo la caja con cuidado.

Dentro había un cascanueces de madera, vestido de soldado y con una boca grande para romper nueces.

- ¡Qué bonito! ¡Gracias, padrino! - exclamó Clara, abrazando al cascanueces.
- De nada, Clara. Es un cascanueces mágico. Cuida bien de él - le dijo Drosselmeyer, sonriendo misteriosamente.

Clara se enamoró del cascanueces y lo llevó consigo a todas partes. Fritz se puso celoso y quiso jugar con él también. Le quitó el cascanueces a Clara y lo hizo bailar por el aire.

- ¡Devuélvemelo, Fritz! ¡Es mío! - protestó Clara, tratando de recuperarlo.
- ¡No, es mío! ¡Yo quiero romper nueces con él! - dijo Fritz, metiendo una nuez en la boca del cascanueces.
- ¡No lo hagas, Fritz! ¡Lo vas a romper! - advirtió Clara.

Pero era demasiado tarde. El cascanueces hizo un ruido horrible y se le cayó la mandíbula.

- ¡Ay! ¡Mira lo que has hecho! ¡Has roto mi cascanueces! - lloró Clara, cogiendo al cascanueces en sus brazos.
- Lo siento, Clara. No fue mi intención - se disculpó Fritz, arrepentido.

Drosselmeyer vio lo ocurrido y se acercó a consolar a Clara.

- No te preocupes, Clara. Tu cascanueces no está roto del todo. Solo necesita un poco de cuidado. Mira, le pondré este pañuelo alrededor de la cabeza y quedará como nuevo - dijo Drosselmeyer, arreglando al cascanueces con habilidad.
- Gracias, padrino. Eres muy bueno - dijo Clara, sonriendo entre lágrimas.
- De nada, Clara. Ahora ve a dormir y deja al cascanueces debajo del árbol. Mañana lo verás mejor - le sugirió Drosselmeyer.

Clara obedeció y se despidió de su padrino y de los invitados. Antes de irse a su habitación, dejó al cascanueces debajo del árbol y le dio un beso en la mejilla.

- Buenas noches, mi querido cascanueces. Te quiero mucho - le susurró Clara al oído.

Y se fue a dormir con una sonrisa en los labios.

Después de que Clara se fue a dormir, sucedió algo increíble. El árbol de Navidad empezó a crecer y a iluminar toda la sala. Los juguetes cobraron vida y se pusieron a bailar alrededor del cascanueces. Pero no todo era alegría. De repente, apareció un ejército de ratones, liderado por el malvado Rey Ratón, que quería robarse el cascanueces. Los soldados de plomo, comandados por el cascanueces, se enfrentaron a los ratones en una feroz batalla.

Clara se despertó por el ruido y bajó a ver qué pasaba. Se asustó al ver la escena y quiso ayudar al cascanueces. Vio que el Rey Ratón estaba a punto de darle el golpe final al cascanueces y no lo dudó. Cogió una de sus zapatillas y se la lanzó al Rey Ratón en la cabeza, distrayéndolo. El cascanueces aprovechó la oportunidad y le clavó su espada al Rey Ratón en el corazón, matándolo.

Los ratones huyeron despavoridos y los soldados de plomo celebraron la victoria. El cascanueces se acercó a Clara y le dio las gracias por salvarle la vida.

- Clara, eres muy valiente y generosa. Te debo mucho - le dijo el cascanueces.
- No hay de qué, cascanueces. Yo te quiero - le respondió Clara.

Entonces, ocurrió otro milagro. El cascanueces se transformó en un hermoso príncipe, con cabellos rubios y ojos azules.

- Clara, yo soy el príncipe de la Tierra de los Dulces. Hace mucho tiempo, el Rey Ratón me maldijo y me convirtió en un cascanueces. Solo el amor verdadero podía romper el hechizo. Tú me has demostrado tu amor y me has liberado. ¿Quieres venir conmigo a mi reino? - le preguntó el príncipe.
- Sí, quiero - dijo Clara, sin pensarlo dos veces.

El príncipe tomó la mano de Clara y la llevó al árbol de Navidad. Allí había un carruaje tirado por renos que los esperaba.

- Sube, Clara. Te llevaré a un lugar maravilloso - le dijo el príncipe.

Clara subió al carruaje y se abrazó al príncipe. Juntos, cruzaron el cielo estrellado hacia la Tierra de los Dulces. Y colorín colorado, este cuento se ha acabado.

Un amigo de regalo

Érase una vez un niño llamado Pedro, que vivía con su madre en una pequeña casa en el bosque. Su padre había muerto en la guerra y su madre trabajaba duro para mantenerlos. Pedro era un niño bueno y obediente, pero también muy triste y solitario. No tenía amigos con quien jugar ni juguetes con que divertirse.

Un día, su madre le dijo:

- Pedro, mañana es navidad y quiero que vayas al pueblo a comprar algo de comida y leña. Aquí tienes unas monedas, pero no las gastes todas. Guarda algunas para comprar un regalo para ti.
- Está bien, mamá -dijo Pedro- ¿Qué quieres que te compre a ti?

- No te preocupes por mí, hijo. Con que vuelvas sano y salvo me basta.
- Te quiero, mamá -dijo Pedro abrazándola.
- Y yo a ti, hijo -dijo su madre besándolo.

Al día siguiente, Pedro se levantó temprano y se puso su abrigo y su gorro. Tomó las monedas y se dirigió al pueblo. El camino era largo y frío, pero Pedro no se quejaba. Iba pensando en qué regalo se compraría con las monedas que le sobraran.

Cuando llegó al pueblo, se encontró con un gran bullicio. La gente iba de un lado a otro, comprando y vendiendo cosas. Había luces, adornos y música por todas partes. Pedro se sintió deslumbrado por todo lo que veía.

Entró en el mercado y compró lo que su madre le había encargado: pan, queso, jamón, huevos y leña. Luego se dispuso a buscar un regalo para él.

Vio muchos juguetes que le gustaron: soldaditos de plomo, trompos, pelotas, muñecos de trapo... Pero todos eran muy caros y no le alcanzaban las monedas.

Entonces vio algo que le llamó la atención: una flauta de madera. Era sencilla pero bonita. Pedro siempre había querido aprender a tocar la flauta, pero nunca había tenido una.

Se acercó al puesto donde la vendían y preguntó al vendedor:

- ¿Cuánto cuesta esta flauta?
- Dos monedas -respondió el vendedor.

Pedro contó las monedas que le quedaban: eran dos exactas.

- Me la llevo -dijo Pedro feliz.
- Aquí tienes -dijo el vendedor entregándole la flauta.

Pedro cogió la flauta y la probó. Sopló con fuerza y sacó un sonido agudo y desafinado.

- No te preocupes -dijo el vendedor- Con un poco de práctica aprenderás a tocarla bien.
- Gracias -dijo Pedro sonriendo.

Pedro guardó la flauta en su bolsillo y salió del mercado. Estaba contento con su regalo. Pensó que podría tocar la flauta para su madre y así alegrarle la navidad.

Pero cuando iba de camino a casa, se encontró con una escena que le partió el corazón: en una esquina, había una niña sentada en el suelo, envuelta en harapos. Tenía el pelo sucio y enredado, la cara pálida y los ojos tristes. A su lado, había una caja vacía donde pedía limosna.

Pedro se acercó a ella y le preguntó:

- ¿Qué te pasa? ¿Por qué estás aquí?

La niña lo miró con lágrimas en los ojos y le dijo:

- Me llamo Ana. Mi padre murió en la guerra y mi madre está enferma en casa. No tenemos dinero para comprar comida ni medicinas. Por eso estoy aquí, pidiendo ayuda.

Pedro sintió una gran pena por ella. Pensó en su propia situación y se dio cuenta de que él era afortunado al tener una madre que lo quería y lo cuidaba. Se preguntó qué podía hacer por Ana.

Entonces recordó la flauta que llevaba en el bolsillo. Era lo único que tenía para él, pero también era lo único que podía darle a ella.

Sin pensarlo dos veces, sacó la flauta y se la ofreció a Ana.

- Toma, esta es para ti -dijo Pedro.
- ¿Para mí? -preguntó Ana sorprendida.

- Sí, es una flauta. La compré con las monedas que me sobraron. Es mi regalo de navidad, pero quiero que sea el tuyo.
- ¿Por qué? -preguntó Ana sin entender.
- Porque te veo muy triste y sola. Tal vez la flauta te haga feliz. Puedes tocarla y cantar y así olvidarte de tus penas.
- Pero yo no sé tocar la flauta -dijo Ana.
- Yo tampoco, pero se aprende. Mira, así se hace -dijo Pedro mostrándole cómo soplaba.

Ana tomo la flauta con timidez y la probó. Sopló con suavidad y sacó un sonido dulce y melodioso.

- ¡Qué bonito! -exclamó Pedro admirado.
- Gracias, gracias, gracias -dijo Ana abrazando a Pedro- Eres muy bueno y generoso. No sé cómo agradecerte este regalo.
- No tienes que agradecerme nada -dijo Pedro sonrojado- Es navidad y hay que compartir. Además, tú me has dado algo más valioso que la flauta: tu amistad.
- ¿Somos amigos? -preguntó Ana ilusionada.
- Claro que sí -dijo Pedro sonriendo- A partir de ahora, seremos los mejores amigos del mundo.

Y así fue como Pedro y Ana se hicieron amigos. Pedro le invitó a ir con él a su casa, donde su madre los recibió con alegría. Les preparó una rica cena y les contó la historia del nacimiento de Jesús. Luego les dio un abrazo y les deseó una feliz navidad.

Pedro y Ana se acostaron en el mismo cuarto, cada uno con una manta. Antes de dormirse, Pedro le dijo a Ana:

- ¿Sabes? Creo que esta ha sido la mejor navidad de mi vida.
- Y la mía también -dijo Ana.

Y los dos se durmieron felices, soñando con el futuro.

La moraleja de este cuento es que el verdadero espíritu de la navidad no está en los regalos materiales, sino en el amor y la solidaridad que se comparten con los demás. No importa lo poco que tengamos, siempre podemos dar algo de nosotros mismos a quien lo necesita. Así hacemos feliz a alguien y nos hacemos felices a nosotros mismos. Así celebramos el nacimiento de Jesús, que vino al mundo para enseñarnos a amar.

Los calcetines de navidad

Había una vez una familia muy pobre que vivía en una pequeña cabaña en el bosque. Eran el padre, la madre y sus cinco hijos: Pedro, Ana, Luis, María y Juan. A pesar de su pobreza, eran muy felices y se querían mucho.

Se acercaba la Navidad y los niños estaban muy ilusionados. Sabían que sus padres no podían comprarles regalos, pero tenían la esperanza de que Papá Noel les trajera algo. Todos los días, le escribían cartas a Papá Noel pidiéndole lo que más deseaban: un balón para Pedro, una muñeca para Ana, un libro para Luis, un vestido para María y un tren para Juan.

- ¿Crees que Papá Noel nos traerá lo que le pedimos? - preguntaba Juan a sus hermanos.
- Claro que sí, Juan. Papá Noel es muy bueno y sabe lo que nos hace falta - le respondía Pedro.
- Pero no tenemos chimenea por donde pueda entrar - decía Ana.
- No importa, Ana. Papá Noel encontrará la manera de entrar - le consolaba Luis.
- Lo importante es que seamos buenos y ayudemos a nuestros padres - añadía María.

Los niños se esforzaban por portarse bien y colaborar en las tareas de la casa. Ayudaban a su padre a cortar leña, a su madre a cocinar y a limpiar, y se cuidaban unos a otros. Sus padres estaban muy orgullosos de ellos y les daban todo el amor que podían.

La noche de Navidad, los niños se acostaron temprano y colgaron sus calcetines en la ventana, esperando que Papá Noel los llenara de regalos. Antes de dormirse, rezaron una oración y se desearon felices sueños.

- Buenas noches, hermanos. Que Papá Noel nos traiga lo que queremos - dijo Pedro.
- Buenas noches, hermanos. Que Papá Noel nos traiga lo que necesitamos - dijo Ana.
- Buenas noches, hermanos. Que Papá Noel nos traiga lo que merecemos - dijo Luis.
- Buenas noches, hermanos. Que Papá Noel nos traiga lo que nos haga felices - dijo María.
- Buenas noches, hermanos. Que Papá Noel nos traiga lo que sea - dijo Juan.

Y se durmieron con una sonrisa en los labios.

Mientras tanto, Papá Noel estaba repartiendo los regalos por todo el mundo. Con su trineo volador y sus renos mágicos, iba de casa en casa dejando los presentes debajo del árbol o en la chimenea. Cuando llegó a la cabaña de la familia pobre, se detuvo un momento y miró por la ventana.

- ¡Oh! ¡Qué niños tan buenos! - exclamó Papá Noel al ver los calcetines colgados en la ventana.
- ¿Qué les vas a dejar, Papá Noel? - le preguntó Rudolf, el reno de la nariz roja.
- Pues verás, Rudolf. Estos niños me han pedido cosas muy bonitas, pero yo no tengo nada de eso en mi trineo - dijo Papá Noel, entristecido.
- ¿Cómo que no tienes nada? ¿Y todo eso que llevas ahí? - dijo Rudolf, señalando el trineo lleno de juguetes.
- Esas son cosas materiales, Rudolf. Cosas que se rompen o se pierden con el tiempo. Estos niños necesitan algo más. Algo que les dure para siempre - dijo Papá Noel, pensativo.
- ¿Y qué es eso, Papá Noel? - preguntó Rudolf, intrigado.

Papá Noel sonrió y sacó de su bolsillo un puñado de estrellas brillantes.

- Esto es lo que les voy a dejar, Rudolf. Estrellas de Navidad - dijo Papá Noel.
- ¿Estrellas de Navidad? ¿Qué son esas? - preguntó Rudolf.
- Son estrellas especiales que contienen los mejores deseos para estas fechas. Cada una tiene un significado diferente y una magia única - explicó Papá Noel.
- ¿Y cómo funcionan? - quiso saber Rudolf.
- Muy sencillo, Rudolf. Solo hay que poner una estrella en cada calcetín y esperar a que se cumpla su deseo - dijo Papá Noel.
- ¡Qué bonito, Papá Noel! ¿Y qué deseos les vas a conceder? - preguntó Rudolf.
- Pues verás, Rudolf. A Pedro le voy a dejar una estrella de la salud, para que nunca se enferme y pueda jugar al fútbol con

sus amigos. A Ana le voy a dejar una estrella de la amistad, para que siempre tenga alguien con quien compartir sus secretos y sus muñecas. A Luis le voy a dejar una estrella del conocimiento, para que aprenda muchas cosas y se convierta en un gran escritor. A María le voy a dejar una estrella de la belleza, para que se sienta orgullosa de sí misma y de su vestido. Y a Juan le voy a dejar una estrella de la alegría, para que siempre sea feliz y haga reír a los demás - dijo Papá Noel.

- ¡Qué maravilloso, Papá Noel! Estoy seguro de que les encantarán - dijo Rudolf.
- Eso espero, Rudolf. Eso espero - dijo Papá Noel.

Y así, Papá Noel dejó una estrella en cada calcetín y siguió con su reparto.

A la mañana siguiente, los niños se despertaron y corrieron a ver sus calcetines. Se sorprendieron al ver que no había juguetes, sino estrellas.

- ¿Qué es esto? - preguntó Pedro, sacando la estrella de la salud.
- ¿Qué es esto? - preguntó Ana, sacando la estrella de la amistad.
- ¿Qué es esto? - preguntó Luis, sacando la estrella del conocimiento.
- ¿Qué es esto? - preguntó María, sacando la estrella de la belleza.
- ¿Qué es esto? - preguntó Juan, sacando la estrella de la alegría.

Los niños no entendían nada y se sintieron decepcionados. Sus padres los vieron y se acercaron a consolarlos.

- No os pongáis tristes, hijos. Papá Noel os ha dejado un regalo muy especial - les dijo el padre.
- Sí, hijos. Estas son estrellas de Navidad. Cada una tiene un deseo para vosotros - les dijo la madre.
- ¿Un deseo? ¿Qué deseo? - preguntaron los niños.
- Pues veréis, hijos. A Pedro le ha dejado una estrella de la salud,

para que nunca se enferme y pueda jugar al fútbol con sus amigos. A Ana le ha dejado una estrella de la amistad, para que siempre tenga alguien con quien compartir sus secretos y sus muñecas. A Luis le ha dejado una estrella del conocimiento, para que aprenda muchas cosas y se convierta en un gran escritor. A María le ha dejado una estrella de la belleza, para que se sienta orgullosa de sí misma y de su vestido. Y a Juan le ha dejado una estrella de la alegría, para que siempre sea feliz y haga reír a los demás - les explicaron los padres.

Los niños se quedaron boquiabiertos al escuchar las palabras de sus padres. No podían creer lo que oían. Miraron sus estrellas con otros ojos y se dieron cuenta de lo valiosas que eran.

- ¡Gracias, Papá Noel! ¡Gracias por este regalo tan bonito! - exclamaron los niños al unísono.

Y abrazaron a sus padres con emoción.

Desde ese día, los niños fueron más felices que nunca. Sus deseos se cumplieron y sus vidas mejoraron. Pedro nunca se enfermó y pudo jugar al fútbol con sus amigos. Ana siempre tuvo alguien con quien compartir sus secretos y sus muñecas. Luis aprendió muchas cosas y se convirtió en un gran escritor. María se sintió orgullosa de sí misma y de su vestido. Y Juan siempre fue feliz y hizo reír a los demás.

La historia de Santa Claus

Hace mucho, mucho tiempo, en una lejana tierra llamada Laponia, vivía un hombre bondadoso y generoso llamado Nicolás. Nicolás era un carpintero que se dedicaba a fabricar juguetes de madera para los niños. Le encantaba ver las sonrisas de los pequeños cuando les entregaba sus regalos.

Nicolás tenía una esposa llamada Ana, que lo ayudaba en su taller y le preparaba deliciosas galletas de jengibre. También tenía un fiel amigo llamado Blas, que era un reno que tiraba de su trineo cuando salía a repartir los juguetes.

Nicolás era muy querido por todos los habitantes de Laponia, que lo llamaban Papá Nicolás. Todos los años, en la noche del 24 de diciembre, Papá Nicolás salía con su trineo y su reno a visitar las casas de los niños y les dejaba un juguete debajo del árbol o en la chimenea. Los niños se acostaban temprano y esperaban con ilusión la llegada de Papá Nicolás.

Pero no todos los niños del mundo conocían a Papá Nicolás. En otros países, había muchos niños que no tenían juguetes ni esperanza.

Papá Nicolás lo sabía y se sentía triste por ellos. Quería llevarles alegría y amor, pero no podía llegar a todos los lugares con su trineo y su reno.

Un día, Papá Nicolás recibió una carta muy especial. Era una carta de un niño llamado Pedro, que vivía en un país muy lejano llamado España. Pedro le escribía lo siguiente:

"Querido Papá Nicolás,

Me llamo Pedro y tengo 7 años. Vivo en una ciudad muy grande y ruidosa llamada Madrid. Mi padre murió hace dos años y mi madre trabaja todo el día para poder alimentarnos a mí y a mi hermana Lola, que tiene 4 años. No tenemos dinero para comprar juguetes ni ropa nueva. A veces pasamos frío y hambre. Mi madre dice que tenemos que ser fuertes y tener fe, pero yo no sé qué es eso.

He oído hablar de ti por mis amigos del colegio. Ellos dicen que eres un hombre bueno que trae regalos a los niños en Navidad. Yo nunca he recibido ningún regalo tuyo, pero me gustaría mucho conocerte y abrazarte. Me gustaría que me trajeras un balón de fútbol para jugar con mis amigos y una muñeca para Lola, que le encantan. Pero, sobre todo, me gustaría que nos trajeras felicidad y paz.

Te quiero mucho, Papá Nicolás. Tú amigo, Pedro."

Papá Nicolás leyó la carta con lágrimas en los ojos. Se sintió conmovido por las palabras de Pedro y quiso cumplir su deseo. Pero no sabía cómo llegar hasta España con su trineo y su reno.

Entonces, se le ocurrió una idea. Decidió pedir ayuda a sus amigos los duendes, que vivían en el Polo Norte y eran expertos en magia.

- Queridos duendes, necesito vuestra ayuda - les dijo Papá Nicolás.
- ¿Qué pasa, Papá Nicolás? ¿Qué podemos hacer por ti? - le preguntaron los duendes.
- Quiero llevar regalos a todos los niños del mundo, pero no

puedo hacerlo solo con mi trineo y mi reno - les explicó Papá Nicolás.

- No te preocupes, Papá Nicolás. Nosotros te ayudaremos - le dijeron los duendes.
- ¿Cómo? - preguntó Papá Nicolás.
- Muy sencillo, Papá Nicolás. Te vamos a dar un traje rojo con un cinturón negro y unas botas negras. También te vamos a dar un gorro rojo con un pompón blanco y una barba blanca muy larga. Así estarás más abrigado y guapo - le dijeron los duendes.
- Gracias, duendes. Pero eso no es suficiente - dijo Papá Nicolás.
- Lo sabemos, Papá Nicolás. Por eso también te vamos a dar un saco mágico donde caben todos los juguetes del mundo. Y lo más importante: te vamos a dar un trineo volador y ocho renos voladores que te llevarán a cualquier lugar en un abrir y cerrar de ojos - le dijeron los duendes.
- ¡Wow! ¡Eso es increíble! ¡Muchas gracias, duendes! - exclamó Papá Nicolás.
- De nada, Papá Nicolás. Es un placer ayudarte. Pero hay una condición - le dijeron los duendes.
- ¿Cuál? - preguntó Papá Nicolás.
- Que a partir de ahora, te llames Santa Claus. Así te conocerán todos los niños del mundo - le dijeron los duendes.
- Está bien, duendes. Me parece un buen nombre. Acepto la condición - dijo Papá Nicolás.
- Entonces, ¡feliz Navidad, Santa Claus! - le dijeron los duendes.

Y así fue como Papá Nicolás se convirtió en Santa Claus, el hombre que trae regalos a todos los niños del mundo en la noche de Navidad. Con su traje rojo, su saco mágico, su trineo y sus renos voladores, Santa Claus pudo cumplir el sueño de Pedro y de muchos otros niños.

Rudolf el reno

Había una vez un reno llamado Rudolf, que vivía en el Polo Norte con los demás renos de Santa Claus. Rudolf era un reno muy especial, pues tenía la nariz de color rojo y brillante. A Rudolf le gustaba su nariz, pero a los otros renos no. Se burlaban de él y lo excluían de sus juegos.

- ¡Mira, ahí viene Rudolf, el reno de la nariz roja! - se reía Dasher, el reno más rápido.
- ¡Parece una bombilla! - se burlaba Dancer, el reno más elegante.
- ¡O una cereza! - se mofaba Prancer, el reno más presumido.
- ¡O una alarma! - se burlaba Vixen, el reno más travieso.
- ¡O un tomate! - se reía Comet, el reno más fuerte.
- ¡O un payaso! - se burlaba Cupid, el reno más romántico.
- ¡O un monstruo! - se mofaba Donner, el reno más valiente.
- ¡O un defecto! - se burlaba Blitzen, el reno más orgulloso.

Los otros renos se reían de Rudolf y lo hacían sentir mal. Rudolf se sentía solo y triste. No tenía amigos ni nadie que lo quisiera. Solo tenía a su padre, que se llamaba Blas y era el mejor amigo de Santa Claus. Blas quería mucho a su hijo y lo defendía de los otros renos.

- No les hagas caso, hijo. Tu nariz es hermosa y única. Algún día verás que es un don y no un defecto - le decía Blas a Rudolf.
- Gracias, papá. Eres muy bueno conmigo. Pero yo no quiero tener esta nariz. Quiero ser como los demás renos y que me acepten - le decía Rudolf a Blas.
- No te preocupes, hijo. Ya verás que todo cambiará. Solo tienes que tener paciencia y confianza - le decía Blas a Rudolf.

Pero Rudolf no tenía paciencia ni confianza. Estaba cansado de sufrir y de ser diferente. Quería escapar de su realidad y encontrar un lugar donde fuera feliz.

Un día, decidió irse del Polo Norte y buscar una nueva vida. Sin decirle nada a nadie, cogió su maleta y se marchó. Caminó durante mucho tiempo por la nieve, hasta que llegó a un bosque donde había muchos animales.

Rudolf pensó que allí podría hacer amigos y ser feliz. Pero se equivocó. Los animales del bosque también se burlaban de él y lo rechazaban por su nariz roja.

- ¡Mira, ahí viene un reno con una nariz roja! - se reía el conejo, el animal más listo.
- ¡Parece una fresa! - se burlaba la ardilla, el animal más ágil.
- ¡O una manzana! - se mofaba el zorro, el animal más astuto.
- ¡O una flor! - se burlaba la abeja, el animal más trabajador.
- ¡O una seta! - se reía el oso, el animal más grande.
- ¡O una estrella! - se burlaba el búho, el animal más sabio.
- ¡O una llama! - se mofaba el lobo, el animal más feroz.
- ¡O una vergüenza! - se burlaba el ciervo, el animal más noble.

Los animales del bosque se reían de Rudolf y lo hacían sentir mal. Rudolf se sentía solo y triste. No tenía amigos ni nadie que lo quisiera. Solo tenía su maleta y su nariz roja.

Rudolf se dio cuenta de que había cometido un error al irse del Polo Norte. Allí al menos tenía a su padre, que lo quería y lo apoyaba. Aquí no tenía a nadie ni nada. Se arrepintió de haberse marchado y quiso volver.

Pero no sabía cómo hacerlo. Se había perdido en el bosque y no encontraba el camino de regreso al Polo Norte. Estaba asustado y desesperado. Se sentó en un tronco y rompió a llorar.

- ¡Ay, qué tonto he sido! ¡Por qué me fui de mi casa! ¡Ahora estoy solo y perdido! ¡Nadie me quiere ni me ayuda! ¡Ojalá pudiera volver al Polo Norte y ver a mi padre y a Santa Claus! - sollozaba Rudolf.

Entonces, ocurrió algo maravilloso. Su nariz roja empezó a brillar con más fuerza que nunca. Era como un faro que iluminaba la oscuridad. Rudolf se sorprendió al ver su nariz tan brillante y se secó las lágrimas.

- ¿Qué está pasando? ¿Por qué mi nariz brilla tanto? - se preguntó Rudolf.

No lo sabía, pero su nariz era mágica. Tenía el poder de cumplir sus deseos más profundos. Y su mayor deseo era volver al Polo Norte.

Su nariz roja era una señal para Santa Claus, que estaba buscando a Rudolf por todo el mundo. Santa Claus se había enterado de que Rudolf se había ido y estaba muy preocupado por él. Quería encontrarlo y traerlo de vuelta a casa.

Santa Claus estaba volando con su trineo y sus renos por el cielo, cuando vio una luz roja que brillaba en el bosque.

- ¿Qué es eso? - se preguntó Santa Claus.
- Es la nariz de Rudolf, Santa Claus - le dijo Blas, el reno de la

nariz roja.

- ¿La nariz de Rudolf? ¿Estás seguro, Blas? - le preguntó Santa Claus.
- Sí, Santa Claus. Estoy seguro. Es mi hijo. Lo reconozco por su nariz - le dijo Blas.
- Entonces, vamos a buscarlo. Tal vez esté en peligro - dijo Santa Claus.

Y así, Santa Claus y Blas se dirigieron hacia la luz roja que brillaba en el bosque.

Rudolf vio que se acercaba un trineo volador con ocho renos voladores. Reconoció a Santa Claus y a su padre Blas. Se puso muy contento y saltó de alegría.

- ¡Santa Claus! ¡Papá! ¡Aquí estoy! ¡Aquí estoy! - gritó Rudolf.
- ¡Rudolf! ¡Hijo mío! ¡Te hemos encontrado! - exclamó Blas.
- ¡Rudolf! ¡Amigo mío! ¡Te hemos echado de menos! - exclamó Santa Claus.

Y bajaron del trineo y abrazaron a Rudolf con emoción.

- ¿Estás bien, hijo? ¿Te ha pasado algo? - le preguntó Blas a Rudolf.
- Estoy bien, papá. Solo un poco asustado y arrepentido - le respondió Rudolf a Blas.
- ¿De qué te arrepientes, amigo? ¿De qué te has asustado? - le preguntó Santa Claus a Rudolf.
- Me arrepiento de haberme ido del Polo Norte y de haberlos dejado solos. Me he asustado de los animales del bosque que se burlaban de mí y me rechazaban por mi nariz roja - le respondió Rudolf a Santa Claus.
- No te preocupes, hijo. Te perdonamos y te queremos. No te sientas mal por tu nariz roja. Es hermosa y única. Y además, es

mágica - le dijo Blas a Rudolf.

- ¿Mágica? ¿Cómo que mágica? - preguntó Rudolf.
- Sí, mágica. Tu nariz tiene el poder de cumplir tus deseos más profundos. Y tu mayor deseo era volver al Polo Norte. Por eso tu nariz ha brillado tanto y nos ha guiado hasta ti - le explicó Santa Claus a Rudolf.
- ¿De verdad? ¿Mi nariz ha hecho eso? - se sorprendió Rudolf.
- Sí, de verdad. Tu nariz ha hecho eso. Y no solo eso. Tu nariz también nos ha salvado la Navidad - le dijo Santa Claus a Rudolf.
- ¿Salvado la Navidad? ¿Cómo así? - preguntó Rudolf.
- Pues verás, Rudolf. Esta noche es la noche de Navidad y tengo que repartir los regalos a todos los niños del mundo. Pero hay un problema: hay una tormenta muy fuerte que no me deja ver nada. No puedo seguir con mi reparto si no veo el camino - le dijo Santa Claus a Rudolf.

- ¡Qué bien, Santa Claus! ¡Me alegro mucho de que mi nariz te sirva de algo! - dijo Rudolf, feliz.
- No solo me sirve de algo, Rudolf. Me sirve de mucho. Tu nariz es la luz que necesito para seguir con mi reparto. Por eso te quiero pedir un favor - le dijo Santa Claus a Rudolf.
- ¿Un favor? ¿Qué favor? - preguntó Rudolf.
- Quiero que vengas conmigo en mi trineo y que seas el líder de mis renos. Así podrás iluminar el camino con tu nariz roja y ayudarme a llevar los regalos a todos los niños del mundo - le dijo Santa Claus a Rudolf.
- ¿Yo? ¿El líder de tus renos? ¿En serio? - se sorprendió Rudolf.
- Sí, tú. Tú eres el reno más especial y el más indicado para este trabajo. ¿Qué me dices? ¿Aceptas? - le preguntó Santa Claus a Rudolf.
- Claro que acepto, Santa Claus. Es un honor para mí. Gracias

por confiar en mí - le respondió Rudolf.

- De nada, Rudolf. Gracias a ti por aceptar. Vamos, sube al trineo. Te presentaré a los demás renos - le dijo Santa Claus a Rudolf.

Y así, Rudolf subió al trineo y se colocó al frente de los otros renos. Santa Claus le presentó a cada uno de ellos y les pidió que lo trataran con respeto y cariño.

- Queridos renos, les presento a Rudolf, el reno de la nariz roja. Él será nuestro líder esta noche y nos guiará con su luz. Sé que algunos de vosotros os habéis burlado de él y lo habéis excluido de nuestros juegos. Eso no estuvo bien. Os pido que os disculpéis con él y que seáis sus amigos - les dijo Santa Claus a los renos.

Los renos se sintieron avergonzados y se disculparon con Rudolf. Le pidieron perdón por haberlo tratado mal y le dijeron que eran sus amigos.

- Lo sentimos, Rudolf. Fuimos muy crueles contigo. No nos dimos cuenta de lo especial que eres. Perdónanos, por favor - le dijeron los renos a Rudolf.
- Los perdono, amigos. No les guardo rencor. Gracias por aceptarme - les dijo Rudolf a los renos.Y los renos se abrazaron y se reconciliaron.

Entonces, Santa Claus dio la orden de partir y el trineo se elevó por el aire. Rudolf iluminaba el camino con su nariz roja y los otros renos lo seguían con admiración y gratitud.

- ¡Ho ho ho! ¡Feliz Navidad, Rudolf! ¡Feliz Navidad, renos! ¡Feliz Navidad, niños! - exclamó Santa Claus.

Y así fue como Rudolf, el reno de la nariz roja, se convirtió en el héroe de la Navidad y en el mejor amigo de Santa Claus y de los demás renos. Desde ese día, todos lo querían y lo respetaban por su nariz roja.

El árbol de navidad

Hace mucho tiempo, en un pequeño pueblo rodeado de bosques y montañas, vivía un grupo de personas que celebraban la Navidad de una manera muy especial. Cada año, en vísperas de la festividad, los habitantes se reunían para llevar a cabo una tradición que había perdurado durante generaciones: el ritual del Árbol de Navidad.

La historia del Árbol de Navidad comenzó mucho antes de que los habitantes del pueblo pudieran recordar. Se decía que el primer árbol fue plantado por un anciano sabio que creía en la magia de la naturaleza. Este sabio enseñó a la gente a respetar y cuidar los bosques, y agradecer a la Tierra por sus bendiciones. Como muestra de gratitud, cada familia plantaba y decoraba su propio árbol de Navidad en el centro del pueblo.

El árbol se convirtió en un símbolo de unidad y esperanza para la comunidad. Cada año, durante la temporada navideña, los aldeanos se reunían alrededor del árbol iluminado para compartir historias, cantar canciones y intercambiar regalos hechos a mano. El árbol, con sus ramas adornadas y luces brillantes, se convirtió en el corazón latente de la celebración navideña del pueblo.

Sin embargo, un año, una sequía prolongada asoló la región. Los bosques empezaron a sufrir y los árboles estaban marchitándose. Los aldeanos se sintieron preocupados por la tradición del Árbol de Navidad, ya que no había suficiente agua para mantener los árboles vivos. A me-dida que la Navidad se acercaba, el ambiente en el pueblo estaba lleno de tristeza y melancolía.

Fue entonces cuando una joven llamada Elena tuvo una idea. Inspirada por las enseñanzas del sabio anciano, decidió buscar una solución para salvar la tradición y revitalizar los árboles. Ella recorrió el bosque en busca de pistas y, finalmente, descubrió una fuente natural de agua escondida en lo profundo del bosque. Con la ayuda de los aldeanos, construyeron canales para llevar el agua hasta los árboles de Navidad.

La magia de la Navidad pareció volver a los bosques. Los árboles, una vez marchitos, comenzaron a revivir y florecer nuevamente. Llegó la víspera de Navidad y el pueblo se reunió alrededor del Árbol de Navidad, que ahora brillaba más intensamente que nunca. Elena contó la historia de su búsqueda y cómo había encontrado el agua que había devuelto la vida a los árboles.

La comunidad se llenó de gratitud y alegría, no solo por haber salvado la tradición, sino también por haber demostrado que juntos podían superar cualquier desafío. Esa Navidad, el Árbol de Navidad se convirtió en un símbolo no solo de esperanza y unidad, sino también de la importancia de cuidar y proteger la naturaleza que nos rodea.

Con el tiempo, la historia del Árbol de Navidad se transmitió a través de las generaciones, recordando a todos que la magia de la Navidad reside en la conexión con la naturaleza y en la fuerza de la comunidad. El pequeño pueblo y su tradición del Árbol de Navidad continuaron prosperando, y la historia del sabio anciano y de la valiente Elena siguió siendo un recordatorio de la importancia de cuidar el mundo que nos rodea.

El regalo prometido

En el pequeño pueblo de Bellavista, la Navidad era una época de alegría y emociones compartidas. La familia Martínez, compuesta por Ana, Diego y su pequeña hija Sofía, vivía en una acogedora casa al final de la calle. Esa Navidad, Sofía había estado especialmente emocionada porque su abuelo le había prometido un regalo muy especial.

"¡Papi, papi!", exclamó Sofia una mañana mientras saltaba en la cama de sus padres. "¡Hoy es la víspera de Navidad! ¡Abuelo dijo que me daría el mejor regalo de todos!"

Diego sonrió y acarició suavemente el cabello de Sofia. "Así es, cariño. Abuelo te prometió algo increíble, ¿verdad? Pero recuerda, lo importante de la Navidad no son solo los regalos, sino también estar con la familia y compartir momentos especiales."

Sofia asintió con entusiasmo, pero no podía dejar de pensar en lo que su abuelo podría haber planeado para ella. Durante todo el día, ayudó a su mamá a preparar galletas de jengibre y decoraciones para la casa. Por la tarde, la familia se reunió alrededor de la mesa del comedor para compartir una deliciosa cena.

Después de la cena, Ana sugirió que salieran a dar un paseo por el pueblo para admirar las luces y decoraciones navideñas. Mientras caminaban por las calles iluminadas, Sofia no podía evitar preguntarse qué tipo de regalo le había preparado su abuelo.

Y llegó la hora de acostarse. Diego y Ana ayudaron a Sofia a cepillarse los dientes y ponerse su pijama. Antes de irse a dormir, Sofia susurró: "Papi, ¿crees que el regalo de abuelo será tan asombroso como espero?"

Diego se sentó al borde de la cama de Sofia y la miró con ternura. "Cariño, sé que estás emocionada por el regalo, pero recuerda lo que te dije antes. Lo importante es el amor y la felicidad que compartimos en esta época del año. Sea cual sea el regalo, seguramente será especial, porque viene del corazón de abuelo."

Sofia sonrió y asintió. "Tienes razón, papi. Sé que el amor es lo más importante."

Al día siguiente, en la mañana de Navidad, Sofia corrió escaleras abajo con los ojos brillando de emoción. En el salón, encontró a su abuelo sentado junto a un árbol de Navidad resplandeciente. El abuelo le hizo una señal para que se acercara.

"¡Feliz Navidad, mi querida Sofia!", exclamó el abuelo con una sonrisa. "Espero que hayas tenido una noche llena de sueños mágicos."

Sofía asintió y abrazó a su abuelo. "¡Feliz Navidad, abuelo! Estoy emocionada por el regalo que me has prometido."

El abuelo le entregó una pequeña caja envuelta con un lazo dorado. "Espero que este regalo te recuerde siempre lo especial que eres para mí y cuánto te quiero."

Sofía abrió la caja con cuidado y encontró un hermoso collar con un colgante en forma de corazón. Sus ojos se llenaron de lágrimas mientras abrazaba a su abuelo con fuerza.

"Es el regalo más hermoso", susurró. "Gracias, abuelo."

El abuelo sonrió y acarició su mejilla. "Es un símbolo de nuestro amor y nuestra conexión, mi querida. Siempre estaré aquí para ti, no importa dónde estemos."

Sofía entendió entonces que el regalo de su abuelo era mucho más que un objeto material. Era un recordatorio del amor que compartían y de la importancia de valorar a quienes están cerca de nosotros.

Mientras la familia Martínez compartía momentos cálidos y especiales en esta Navidad, quedó claro que los regalos más preciosos no siempre son los que se pueden envolver, sino los que provienen del corazón y crean memorias duraderas.

Frosty

Frosty era un muñeco de nieve muy especial. Tenía una nariz de zanahoria, unos ojos de carbón y un sombrero viejo y mágico que le daba vida. A los niños del pueblo les encantaba jugar con él y le enseñaban muchas cosas. Frosty era feliz y curioso, pero también sabía que debía tener cuidado con el sol, porque podía derretirlo.

Un día, cerca de la Navidad, Frosty se despertó con una sorpresa. Había nevado mucho durante la noche y todo estaba cubierto de blanco. Frosty se puso muy contento y quiso salir a explorar el mundo. Se despidió de sus amigos y se fue rodando por la nieve.

Frosty vio muchas cosas maravillosas: casas adornadas con luces y guirnaldas, árboles cargados de frutos y pájaros, niños haciendo muñecos y ángeles de nieve, y un gran trineo rojo tirado por unos renos. Frosty se acercó al trineo y vio que dentro había un señor mayor con una barba blanca y un traje rojo. Era Papá Noel.

- Hola, ¿quién eres tú? - le preguntó Papá Noel.
- Soy Frosty, el muñeco de nieve - respondió Frosty.
- ¿Y qué haces aquí? - quiso saber Papá Noel.
- Estoy paseando por el mundo, quiero ver todo lo que hay - dijo Frosty.
- Pues has elegido un buen día para hacerlo, hoy es Nochebuena y voy a repartir regalos a todos los niños buenos - explicó Papá Noel.
- ¿Regalos? ¿Qué son los regalos? - preguntó Frosty.
- Los regalos son cosas que se dan a las personas que quieres para hacerlas felices. Pueden ser juguetes, libros, ropa, dulces o cualquier cosa que les guste - dijo Papá Noel.
- ¡Qué bonito! ¿Y yo puedo tener un regalo? - preguntó Frosty con ilusión.
- Claro que sí, tú también eres un niño bueno. ¿Qué te gustaría tener? - le preguntó Papá Noel.
- Pues... me gustaría tener un amigo como yo, un muñeco de nieve que pueda hablar y jugar conmigo - pidió Frosty.
- Eso es fácil, solo necesitamos un poco de nieve, una zanahoria, dos trozos de carbón y un sombrero mágico como el tuyo - dijo Papá Noel.

Papá Noel y Frosty se pusieron manos a la obra y en poco tiempo hicieron otro muñeco de nieve igual que Frosty. Le pusieron el sombrero mágico y el muñeco cobró vida.

- Hola, soy Flurry, el muñeco de nieve - dijo el nuevo amigo de

Frosty.

- Hola, Flurry, yo soy Frosty, el muñeco de nieve - dijo Frosty.
- ¡Qué bien! ¡Somos iguales! ¿Quieres ser mi amigo? - preguntó Flurry.
- Sí, claro, me encantaría ser tu amigo - respondió Frosty.

Los dos muñecos se abrazaron y se pusieron a saltar de alegría. Papá Noel los miró con una sonrisa y les dijo:

- Me alegro mucho de haber cumplido vuestro deseo. Ahora tenéis que ir con los otros niños del pueblo, ellos os cuidarán y os divertiréis mucho con ellos. Yo tengo que seguir con mi trabajo, pero volveré a veros el año que viene. Feliz Navidad, Frosty y Flurry.
- Feliz Navidad, Papá Noel. Gracias por el regalo más bonito del mundo: la amistad - dijeron Frosty y Flurry.

Papá Noel subió a su trineo y se marchó volando por el cielo. Frosty y Flurry se fueron rodando por la nieve hasta llegar al pueblo. Allí se encontraron con sus amigos humanos, que los recibieron con alegría. Juntos celebraron la Navidad más feliz de sus vidas.

El Regalo de la Esperanz

Había una vez un pequeño pueblo llamado Brisa Nevada, donde la nieve caía suavemente sobre las casas adornadas con luces parpadeantes y los árboles estaban cubiertos de un manto blanco. Aunque el invierno era frío, la gente de Brisa Nevada tenía corazones cálidos y llenos de esperanza, especialmente durante la temporada navideña.

En este pintoresco pueblo vivía una niña llamada Elena. Aunque había perdido a sus padres cuando era muy pequeña, su abuela, Doña Clara, la cuidaba amorosamente. A medida que se acercaba la Navidad, Elena solía mirar por la ventana y soñar con la magia que la temporada traería. Sin embargo, este año era diferente. La abuela Clara había estado enferma y la alegría de la Navidad parecía esfumarse.

Una mañana, Elena decidió que haría todo lo posible para traer de vuelta la esperanza y la alegría a su hogar. Recordó una antigua historia que su abuela solía contarle sobre el "Árbol de los Deseos", un viejo abeto en lo profundo del bosque que se decía que concedía deseos sinceros a aquellos que lo encontraran.

Con determinación en sus ojos, Elena preparó una pequeña mochila con algunas provisiones y partió hacia el bosque. Caminó durante horas, siguiendo un sendero cubierto de nieve, hasta que finalmente encontró el Árbol de los Deseos. Sus ramas estaban decoradas con pequeñas linternas que iluminaban su camino.

Con voz firme pero temblorosa, Elena compartió su deseo: "Querido Árbol de los Deseos, te pido que cures a mi abuela Clara y traigas la esperanza de vuelta a nuestro hogar en esta Navidad".

Después de hacer su deseo, Elena regresó a casa. Días pasaron y el pueblo se preparó para la Nochebuena. A pesar de sus esfuerzos, Elena comenzó a perder la esperanza. Pero justo cuando parecía que todo estaba perdido, un milagro ocurrió.

La Nochebuena llegó y con ella llegaron las campanas de la iglesia resonando por todo el pueblo. Elena estaba en su casa, cuidando a su abuela, cuando de repente, un suave brillo llenó la habitación. Abuela

Clara sonrió débilmente y le susurró a Elena: "Mi querida niña, la esperanza nunca se pierde del todo. Tu amor y valentía han traído la magia de la Navidad de regreso a nuestro hogar".

En ese momento, un suave destello de luz se extendió por toda la habitación, llenando el corazón de Elena de alegría y asombro. La abuela Clara comenzó a sentirse mejor, y poco a poco, la esperanza y la alegría regresaron a Brisa Nevada. Los vecinos se reunieron para celebrar juntos y agradecer por el regalo de la esperanza en esa Navidad.

Y así, en medio de la nieve brillante y las luces parpadeantes, Elena aprendió que la verdadera magia de la Navidad reside en el amor, la esperanza y la valentía que todos llevamos en nuestros corazones.

¡*Feliz*
Navidad!

Que en esta época reine la paz, el amor y
la alegría, que disfruten de la compañía
de sus seres queridos y que todos sus
deseos se hagan realidad.
¡Felices Fiestas!

REFERENCIAS

Dickens, C. (2009). A Christmas Carol. Marlow (EDHASA).

Ferrer, C. (2022). Una navidad mágica: cuentos y dibujos para colorear.

Hoffman, E. (2018). Cascanueces y rey de los ratones. Nordica.